글 쓰는 71세 환경미화원 할머니의 일상과 행복 나눔

나의 감사는 늙지 않아

정 연 홍 지음

대경북스

지은이 _ **정 연 홍**

대구에서 환경미화원 일을 하고 있다.

꽃 한 송이에 웃음 짓고, 글 쓸 수 있는 인생에 감사하는 삶을 산다.

기획_ **백 미 정**

엄마 작가 비전스쿨을 운영하며 글쓰기 강의, 책 쓰기 코칭, 작가 강사 과정을 진행하고 있다.

저서 _《엄마인 당신이 작가가 되면 좋겠습니다》,《커피 한 잔에 교양 한 스푼》 외 8권

나의 감사는 늙지 않아

1판 1쇄 인쇄 2022년 9월 23일
1판 1쇄 발행 2022년 9월 28일

지은이 정연홍

발행인 김영대
펴낸 곳 대경북스
등록번호 제 1-1003호
주소 서울시 강동구 천중로42길 45(길동 379-15) 2F
전화 (02)485-1988, 485-2586~87
팩스 (02)485-1488
홈페이지 http://www.dkbooks.co.kr
e-mail dkbooks@chol.com

ISBN 978-89-5676-930-1

들어가는 글

'내 팔자에 무슨 책을.'

나 역시 팔자타령을 했다. 확실히 늙기는 늙었다. 하지만 71세의 이 나이에 글 쓰고 일을 한다. 제법 찬란한 삶을 살고 있는 할머니다.

새벽에 일어나 정적을 깨기 위해, 더 솔직히 말하자면 외로움을 달래기 위해 텔레비전을 켠다. 귀가 아직 가지 않았다. 텔레비전 속 말소리, 음악 소리 다 들린다. 텔레비전을 끄고 글을 쓴다. 손가락도 아직 가지 않았다. 혼자 피식거리며 때로는 눈물 찔끔거리며 노트 여백을 채워간다. '잘 하고 있어, 연홍아!' 셀프 칭찬도 하면서.

출근길, 차갑던 공기에 제법 따스함이 스며들 때 내 볼을 만져본다. 피부는 많이 갔다. 그래도 행복하다. 청소하는 아파트 단지를 둘러보는 일은 하나의 의식이 되었다.

나의 손길과 발길로 깨끗해질 아파트는 나만의 성역이다. 오며 가며 마주치는 이웃들의 미소와 인사가 행복을 더해준다. 이 얼마나 멋진 인생인가!

"상을 타는 게 목표였던 적은 한 번도 없었다. 나는 단지 좋은 영화를 위해서 도전을 했고 가끔 그로 인해 상을 탔을 뿐이다."

칸 영화제에서 배우 송강호가 했던 말처럼, 글 쓰고 책 내는 것에 큰 의미를 두지 않으려 한다. 내 평생 꿈을 이루는 일이지만 꿈 역시 수많은 인생의 모양 중에 하나잖는가. 흘러갔던, 흘러가고 있는, 흘러갈 내 인생에 명확한 점 하나 찍는 일이다. 나의 하루하루를 잘 살아내기 위해 도전하는 것, 그래서 가끔 독자들의 희망이 되어 주는 것, 그 과정 속에 상 같은 것이 주어진다면 좋은 일이고. 인생 조금 더 산 나의 마음, 나의 글이 독자들에게 닿는다는 것. 참 기쁘다.

일 나가기 전,

정연홍 씀

기획자의 글

"백 작가님, 생계를 위해 환경미화원 일을 하고 계신 어르신이 글 쓰는 작가가 되는 게 소원이시라네요. 어떻게 방법이 없을까요?"

독자와 작가로 함께한 인연인 권세연 작가님께 코칭 상담을 받으며, 책 쓰기 코치를 해 드리며 필연이 된 지 2년째이다. 사람 도와주는 걸 좋아하는 권 작가님은 또 오지랖이 발동되었나 보다.

나도 오지랖이었을까. 여튼, 봉사와 헌신의 자세를 제대로 발휘해 보자는 원인 모를 다짐을 하게 되었다. 최소한의 교육비로 71세 정연홍 어머님과 책 쓰기 작업을 시작했다. 어머님은 거의 하루도 빠짐없이 글을 써 주셨다. 어머님의 꾸준함과 열정에 놀랐다.

"어머님, 글쓰기가 취미셨나 봐요? 어떻게 매일 글을

쓰실 수 있어요?"

"아니에요. 내 평생 글이라는 걸 처음 써 봐요. 저도 제가 이렇게 글을 끊임없이 쓰게 될 줄 몰랐어요. 신기해요."

두 페이지의 노트를 빽빽하게 채운 글을 사진 찍어 내 휴대폰으로 전송해 주시면, 초안을 토대로 재구성하는 작업에 들어갔다. 날 것 그대로의 언어와 감정에 토닥이며, 붙어 있는 두 가지 인생사는 줄 지어 정리하고, 어머님의 글에서 발견할 수 있는 미덕과 주제어를 발견해 보았다.

사람은 보고 듣는 대로 살게 되어 있는 존재다. 우리가 명언을 읽고 좋은 글귀를 필사하며 냉장고와 노트북 곳곳에 붙여 놓는 이유다. 어머님의 마음과 닿아 있는 글귀들을 발췌했다. 그리고 한 편의 글에서 유추해볼 수 있는 질문을 만들었다.

"자기 안에 물음표가 없어서 아무 것도 묻지 못하는 사람은 건전지를 넣고 단추를 누르면 그냥 북을 쳐대는 곰 인형과 다를 것이 없어."

이어령. 《생각 깨우기》. 푸른숲.

우리가 글 읽고 글 쓰는 이유는 내 머리카락의 개수만큼이나 많을 것이다. 그 중, 내 인생에 찾아와 준 글귀를 마음속에 저장하고 싶을 때 최적의 도구로 '질문'을 추천한다. 물음표는 힘이 세다.

'에세이'라는 도서 분야를 지양하는 출판사들이 있다. 유명 작가의 에세이는 특별한 삶의 엑기스라 칭하고, 무명작가의 에세이는 개인이 소장하는 일기 정도라 칭하는 곳도 있다. 그럼에도 내가 에세이를 좋아하는 건, 살아보지 못한 인생을 깨닫고 생각해 보지 못한 영역을 공부하며 이제야 공감하게 된 부분에 있어 미안하고 감사한 감정을 잊지 않도록 해 주기 때문이다.

"백 작가님, 재미있는 글을 투고해 주셨네요. 계약하면 좋겠습니다."

"그런데 대표님, 저자께서 마케팅을 하거나 책을 구매할 수 있는 상황이 아닙니다."

"괜찮아요. 작업하면 즐거울 것 같아요."

내 책을 두 권이나 출간해 주신, 권세연 작가님의 책을 출간해 주신, 출간 계약서 내용대로 작가를 '갑'으로 대해 주시는 대경북스 김영대 대표님께 감사드린다.

정연홍 어머님의 글과 편집한 글을 시어머님과 친정 엄마께 보내 드리면서 71세 어르신도 책을 내신다, 우리도 함께 해 보자, 당신 며느리와 딸 비싼 몸이다, 할 수 있을 때 못 이기는 척 도전하자, 옆구리 찌르고 있는 중이다.

부디, 이 책이 여러분에게 '희망'이라는 진부한 단어를, 현실로 만들어 드리는 나비효과로 나타났으면 한다. 정연홍 어머님의 책이 내 책보다 71배 더 많이 판매되면 좋겠다. 진심이다.

탈고의 기쁨을 준비하며

책 쓰기 코치 백미정

차 례

제1부 마음 이야기 : 글에게 말 좀 해도 되지요?

제2부 사람 그리고 사람 : 내 그대들을 생각함이

제3부 그간의 쉼표들 : 남은 인생을 살아갈 때

제4부 지나간 것은 지나간 대로 : 가는 것과 오는 것들 사이에서

제1부
마음 이야기
: 글에게 말 좀 해도 되지요?

글을 쓴다고 인생이 대박나진 않겠지만,

글 쓸 수 있는 튼튼한 손가락에 감사하다.

글 쓰는 할머니! 얼마나 멋진 타이틀인가!

우리 마음은 오늘, 무엇을 선택하게 될까?

부디, 감사에 편들어 주길 바란다.

감사 : 나의 감사는 늙지 않아

아침에 눈을 떠 텔레비전을 켠다.

텔레비전 소리를 들으며 혼자가 아닌,

누군가와 함께 있는 것 같은 위안을 받을 수 있어

감사하다.

학교 다닐 때는 엄마가 싸 주던 도시락을,

이제는 71세가 된 내가 싸서 학교가 아닌 일터로 간다.

길마다 햇살이 내 친구가 되어 주어 감사하다.

건강한 몸이 있으니 이 나이에 일을 할 수 있어 감사하다.

거기다가 말 못하는 아기도 좋아한다는

돈도 벌 수 있어 감사하다.

어린이집 등원을 하는 아이가

자신의 새 신발을 자랑하면서 손을 흔들며 지나갔다.

아이의 웃음을 볼 수 있어 감사하다.

따뜻한 봄이 다가왔다. 꽃과 쑥이 나왔는지 궁금하다.

새로운 봄날을 71번이나 맞이할 수 있어 감사하다.

연홍이의 삶은 오늘도 감사로 넘친다.

가장 축복받은 사람이 되려면

가장 감사하는 사람이 돼라.

– c. 쿨리지 –

힘센 물음표

'감사'하면

떠오르는 사람, 떠오르는 상황,

떠오르는 생각이 있나요?

글로 써 볼까요?

등산 : 생각하기 나름

'오늘은 등산을 해야지.'

기쁘고 설레는 마음으로 가방을 메고 집을 나섰다.

등산하는 길, 선거용 명함이 여기저기 떨어져 있었다.

명함들을 주우면서 길을 올랐다.

산 정상에서 먹는 간식과 커피 맛은 일품이었다.

등산객들과 자연스레 어울려 이런 저런 이야기를 하다가,

내 옆에 있는 명함 뭉치가 주제가 되었다.

"어르신, 이게 다 뭐예요?"

"당선되고 싶은 절실한 마음, 다 똑같을 거예요.

그런데 본인들의 명함이 여기저기 떨어져 있는 걸 보면

얼마나 마음이 아프겠어요?

그래서 등산길에 버려져 있던 명함들, 다 주워온 거예요.”

주는 사람 마음과 받는 사람 마음은

하늘과 땅 차이인 것 같다.

그건 그렇다 쳐도,

여러 사람들이 오고 가는 등산길을 엉망으로 만들면

안 되는 것이다.

명함 한 장이 무거우면 얼마나 무겁겠는가.

그리고 쓰레기 버린 사람들을 욕만 할 게 아니라,

본인이 쓰레기를 주우면 될 일이다.

‘당신은 쓰레기를 버리지만 나는 쓰레기를 줍습니다’라는

글귀가 생각난다.

상대방의 입장에서 한 번만 더 생각했으면 좋겠다.

다른 사람을 위한 배려는

바로 나 자신을 위한 배려다.

– 마음공부 책글귀 시리즈 ‘배려는’ –

힘센 물음표

‘배려’의 사전적 의미는 ‘도와주거나 보살펴 주려고 마음을 씀’입니다.

여러분은 ‘배려’를 무엇이라고 생각하나요?

나만의 ‘배려’의 의미를 만들어 써 보세요.

마음 : 편들어 주기

나는 행운이 따라오는 사람이다.

일하면서 계단 오르내리기 운동도 함께할 수 있으니

말이다.

15층 아파트 계단을 오르내리며 구석구석에 숨어 있는

쓰레기를 찾아낸다.

사탕껍질, 아이스크림 포장지, 과자 막대기 등 다양하다.

예전에는 숨이 차서 짜증나고 사람들이 함부로 버려놓은

쓰레기 때문에 짜증이 났다.

이제는 계단에 있는 쓰레기 치우는 일이 재미있고

고맙다.

1층부터 천천히 계단을 오르며 운동도 하고,

내 손길이 닿는 곳마다 환경이 깨끗해지니 말이다.

똑같은 일인데 마음먹기에 따라 지옥 또는 천국이 된다.

세 끼 밥을 차려야 하는 일이 곤혹이긴 하지만,

밥을 차려줄 수 있는 식구가 있다는 건, 감사한 일이다.

빨래를 해야 하는 굴레를 벗어날 수 없지만,

탈 없이 돌아가 주는 세탁기가 있어 감사하다.

글을 쓴다고 인생 대박이 나진 않겠지만,

글 쓸 수 있는 튼튼한 손가락에 감사하다.

글 쓰는 할머니! 얼마나 멋진 타이틀인가!

우리 마음은 오늘, 무엇을 선택하게 될까?

부디, 감사에 편들어 주길 바란다.

같은 태도로 공부한다면

늘 얻던 것만 얻게 될 것이다.

그리고 당신은 한 가지를 더 기억해야 한다.

제자리걸음을 하더라도

신발은 닮는다는 사실을 말이다.

한재우. 《하루 5분 공부 각오》. 21세기북스.

힘센 물음표

오늘 당신의 마음은 어떠한가요?

내 마음에게 무슨 말을 해 주고 싶은가요?

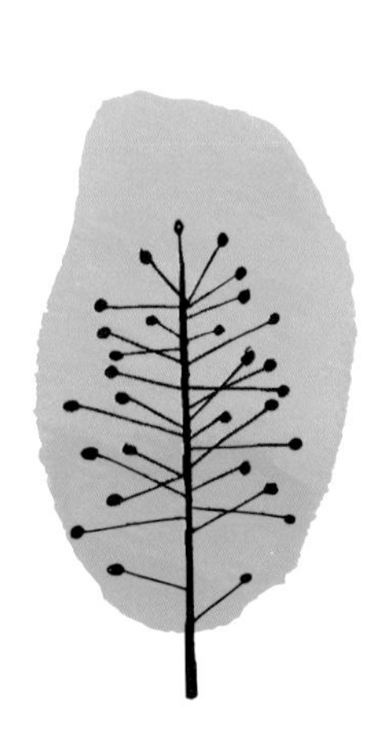

23

생각 : 어쩔 수 없는 슬픔

'꽃이 많이 피었겠지?'

행복한 생각과 봄바람을 닮은 발걸음으로

수목원을 향했다.

다들 꽃같이 예쁜 표정이었다.

중년의 부부가 눈에 들어왔다.

남자는 이제 막 병원에서 치료를 받고 나온 사람처럼

걸음걸이가 버거워 보였다.

반 발짝씩 조금씩 조금씩 움직이는데

그것도 힘들어 했다.

아내는 뒤에서 남편의 몸을 붙들어 주면서

천천히 걸었다.

수목원 정원사가 옆에 있었다.

정원사는 한참을 서서 중년의 부부를 바라보았다.

무슨 생각을 하는지 눈빛은 멍했다.

돌아서는 발걸음은 몸이 불편하신 아저씨만큼 무거웠다.

자신을 돌봐줄 가족이 없는 걸까?

정원사도 곧 병원에 갈 신세인 걸까?

자신의 아픈 미래를 상상해 본 것일까?

내 마음도 잠시 겨울이 되었다.

하지만 오지도 않은 슬픔을 미리 예견하며

지금의 소소한 행복을 빼앗기긴 싫었다.

생각하기 나름이라 하지 않는가.

그래서 나는 수목원 여기저기를 구경하며 평소보다

많은 미소를 지었다.

집에 와 앉으니 두 다리가 욱신거렸다.

곧, 수목원 정원사 표정이 떠올랐다.

아니야 아니야, 고개를 흔들었다.

젊음과 늙음을 구분 짓는 나이는 몇 살일까.

다양한 답안 보기가 있을 텐데,

모두 정답인 동시에

어느 하나 절대적인 답은 되지 못한다.

보는 관점에 따라

해석이 다르기 때문이다.

루이즈 에런슨. 《나이듦에 관하여》. 비잉.

힘센 물음표

자신이 나이가 들어간다고

생각했던 적은 언제였나요?

10년 후 나의 모습(마음 상태, 건강 상태, 환경 등)은

어떠했으면 좋겠나요?

세상 : 마음의 눈

‘세상에 이런 일이’ 텔레비전 프로그램에서

앞이 보이지 않는 사람이 생후 6개월 된 아기를 키운

이야기를 들려주었다.

운명의 장난처럼 아기 또한 앞이 보이지 않았다.

수십 번의 모금 활동을 통해 수술비를 마련하여,

아기는 한쪽 시력을 회복했고

그 아기는 이제 19살 청년이 되었다.

아버지의 사랑을 생각하며 눈물 흘리는

청년의 모습을 보면서 가슴이 먹먹해졌다.

두 눈이 건강해도 보지 않아야 할 것들을 보고

전하지 말아야 할 것들을 전하는 사람들이

얼마나 많은가.

앞이 보이지 않아도 사랑을 실천하고 사랑을 전하는

사람들은 또 얼마나 많은가.

내 눈은 건강한 편이지만,

마음의 눈은 어떠한지 생각해 보게 된다.

나는 오늘, 미소를 건넸을까.

고맙다는 말 한 마디 건넸을까.

사과를 해야 할 때는 진심으로 마음을 표현했을까.

이런 소소한 것들이 우리를 살게 하는 힘인데,

실천하지 못하고 있다면 내 마음의 눈은

병들어 가고 있는 것이다.

오늘 나에게 주어진 하루의 시간 속에서

세상을 밝게 비추어 주는 눈으로 살아야겠다.

이 땅에서의 시간은 제한적이에요.

당신은 주어진 시간 동안 무엇을 할 건가요?

쉬지 않고 펼쳐지는 소중한 미래를

어떻게 보낼 건가요?

오프라 윈프리. 《언제나 길은 있다》. 한국경제신문.

힘센 물음표

내가 만약, '세상에 이런 일이'라는

프로그램에 나가게 된다면

어떤 결과를 만들었길래 출현하게 되었을까요?

순간 : 벌레를 치우고 난 뒤

"싫어! 안 갈래!"

"아니, 매일 가는 어린이집을 왜 안 간다는 거야?"

아파트 엘리베이터 앞에서 아이 엄마와 아이가

서로 목소리를 높이고 있었다.

나는 미소를 지으며 아이에게 말을 건넸다.

"왜? 어린이집 가기 싫어?"

"네."

아이는 고개를 끄덕이며 답했다.

"할머니가 도와줄 수 있을까?"

"저기요."

아이가 팔을 뻗어 손가락 끝을 향한 곳에는

이름 모를 벌레가 있었다.
여섯 살 아이가 충분히 무서워 할 만큼의
크기와 생김새였다.

"벌레야, 네가 무서워서 여기 있는 예쁜 아이가
어린이집에 못 간다고 하니 할머니한테 혼나야겠다"라며
벌레를 치워주었다.
아이는 90도 폴더 인사를 하며 감사하다 했다.
"여사님, 고맙습니다. 저는 그것도 모르고
애만 나무랐네요."
아이 엄마도 연신 고맙다고 인사를 했다.
아이와 아이 엄마의 뒷모습을 보며 문득 이런 생각이
들었다.
'나는 저 나이 즈음에 엄마와 무슨 추억이 있었지?'
아무리 기억을 더듬어 보아도
엄마와 싸웠던 일, 웃었던 일, 울었던 일이
떠오르지 않았다.
딸을 키웠던 때도 마찬가지였다.

특별히 기억에 남는 일이 없었다.

내가 늙었다는 증거일까?

슬프고 화나는 일도 좋으니 퍼뜩 떠오르는 순간들이

있으면 좋겠다.

서양의 어떤 작가는 이렇게 말했다.

“지나치게 행복했던 사람이 아니라면,

아홉 살은 세상을 느낄 만한 나이이다.”

다행히 내 아홉 살은

지나치게 행복했던 편은 아니었고,

그리하여 나 또한 세상을 느끼기 시작했다.

위기철. 《아홉 살 인생》. 현북스

힘센 물음표

나의 ‘어린 시절’을 계절로 표현하면 어떤 계절일까요?

그 이유는요?

용기 : 나의 괜찮음

일 나가기 전

새벽 5시 20분,

딸내미와 공부를 했다.

컴퓨터를 켜서

서로 얼굴을 보고 이야기하는 게

신기하기도 하고 쑥스럽기도 했다.

선생님은 아무 이야기나 스스럼없이 하시는데,

나는 용기가 나지 않아 속으로 말했다.

'저도 그래요.'

괜찮아. 연홍아.

이야기해도 되는데.

용기내도 되는데.

광고지 붙이는 아르바이트생이 나와 마주쳤다.

“괜찮아. 붙여.” 이야기했지만

아르바이트생은 급히 자리를 피했다.

각자의 일을 열심히 하는 건데. 괜찮은데.

그래서 나는

광고지 붙이는 아르바이트생과 마주치게 될 때마다

용기 내어 이야기할 거다.

“괜찮아. 붙여.”

용기와 예절은

아무리 많이 사용해도

바닥나지 않는다.

– 그라시안 –

힘센 물음표

용기가 필요한 상황에서

내 마음을 보듬어 줄 수 있는

명언 한 줄 써 볼까요?

책임 : 강아지 똥

강아지들도 사람처럼 성격이 제각각이다.

아무리 자주 보아도 본체만체 하는

강아지가 있는가 하면,

올까 말까 망설이는 강아지,

나에게 뛰어왔다가 내가 손을 내밀면

도망가는 강아지 등 정말 다양하다.

'꼬불이'라는 녀석이 있다.

털이 꼬불꼬불해서 붙여진 이름인데 두 번째 보게 된 날,

"꼬불아"하고 부르니 가족을 만난 것처럼

꼬리를 흔들며 나를 반겨 주었다.

꼬리가 떨어질까 봐 겁이 날 정도로 흔들더니

벌렁 드러눕기도 했다.

또 일어나서는 내 주위를 빙글빙글 돌고 아주 난리였다.

'자기 사랑, 자기가 가지고 있다'는 옛말이 있는데

꼬불이에게 딱 어울리는 말이었다.

꼬불이의 사랑을 잔뜩 받고

기쁜 마음으로 잔디밭 청소를 하러 갔다.

휴지가 떨어져 있길래 주웠더니 강아지 똥이 있었다.

사람들이 오고가는 길가에 휴지를 펼쳐 놓고

그 위에 강아지 똥을 옮겨다 놓았다.

경비원 아저씨가 오셔서는 치우려고 했다.

"아저씨, 치우지 마세요. 강아지 똥 주인이 보고 치우게요.

양심이 있으면 알아서 치워야 되는데, 주민들 눈살을

찌푸리게 하면 안 되죠."

"안 치우면 사람들한테 우리가 소리 들어."

"못 봤다고 하세요."

경비원 아저씨는 시간이 지난 후, 내가 간 줄 알고

강아지 똥을 치우셨다.

집에서 키우는 강아지를

아들이니 딸이니 동생이니 하면서,

똥은 왜 안 치우는 걸까?

책임감도 제각각인가 보다.

사랑받는 사람이 되는 가장 정확한 방법은

사랑받을 만한 사람이 되는 것이다.

신형철. 《슬픔을 공부하는 슬픔》. 한겨레출판.

힘센 물음표

내 인생에서 책임감 있는 행동을

보였던 적은 언제였나요?

그 때 일을 떠올리니 어떤 생각이 드나요?

후회 : 나도 모르겠다

앨범을 뒤적이다

어린 시절, 해수욕장에서 놀고 있는 사진을 보았다.

햇빛 때문에 눈을 잔뜩 찡그리고 찍은 사진이었다.

사진 속 아이가 이제 할머니가 되었다.

아무리 생각해도 실감이 나지 않는다.

그때가 나에게는 새 울고 꽃 피는

제일 좋은 시절이었던 것 같다.

"몸이 말을 안 들어서 그렇지, 마음은 18살이야.

저 산에 있는 바위도 이 산으로 옮길 수 있을 것 같은데

말이야."

옛 어르신들이 하시던 말씀이 생각난다.

하루 24시간을 산 것 같은데

돌아보니 1년이라는 세월이 흘렀다.

달력 한 장을 넘기는 손에도 쓸쓸함이 묻어난다.

딸에게 아무 말이나 했던 순간들이 후회되기도 한다.

딸이 내 나이가 되면 엄마인 나를 어떻게 추억하게 될까.

아, 내가 생각해도 나는 한심한 엄마다.

주책바가지.

목소리는 점점 커지면서

어디가 머리인지 꼬리인지

앞뒤가 맞지도 않는 말들만 하고 있다.

늘 후회를 하면서도 또 그런다.

내 마음, 나도 모르겠다.

또 이렇게 늙어가고 있구나.

우리의 삶은 소중하지만

동시에 덧없고, 무의미하고, 고독했다.

우리의 삶은 진정으로 통제 가능한 적이 없었다.

아주 사소한 사건이나 실수가

삶을 송두리째 뒤흔들어 놓기도 하니까.

기욤 뮈소, 《아가씨와 밤》, 밝은 세상

힘센 물음표

내가 나이 들어가고 있다고

느끼게 된 적은 언제였나요?

나이 듦, 당신에게 어떤 의미인가요?

제2부
사람 그리고 사람
: 내 그대들을 생각함이

글을 쓰는데 눈물이 자꾸 난다.

몇 십 년 세월 동안 쌓여 있는 정 때문일까?

섭섭함과 그리움을 잔뜩 남겨 주고 간 것에

대한 미움 때문일까?

줄어들지 않는 정과 미움이 뒤섞여서 그런 것일까?

아니다.

이유는 생각하지 말자.

그리움 : 쌀 한 포대만큼

"꿈속에서 만나자."

하늘나라로 떠나기 전, 나에게 약속한 언니는

약속을 깜빡했나 보다.

잠들기 전, 언니를 보고 싶다고, 오늘은 꼭 만나자고,

그렇게 소원을 빌며 잠을 자는데

한 번도 꿈에 찾아와주질 않는다.

지난 주, 형부를 찾아뵈려고 딸과 함께 준비를 했다.

딸의 차에 쌀 한 포대가 실려 있었다.

"이거 뭐야?"

"이모부 가져다 드리려고 샀어."

딸의 마음이 기특했다.

형부 댁에서 밥을 먹고 돌아오는 길,

딸의 표정이 심상치 않았다.

"갈 때랑 다르게 기분이 좋지 않아 보이네.

무슨 일 있었어?"

"내가 선물을 잘못 선택했어. 이모부네 쌀 맛이 훨씬 좋아.

죄송해서 어쩌지?"

이모부를 생각하며 기쁜 마음으로

선물을 고르고 샀을 텐데,

선물이 되지 못한, 급이 조금 낮은 쌀 때문에

딸의 마음이 상해 있었다.

"그랬구나. 이모부네 고장이 원래 쌀 맛 좋기로

엄청 유명한 곳이야. 이참에 이 고장 저 고장 쌀 맛

비교도 해 보고, 좋은 경험이 되겠지 뭐."

나의 말을 들은 딸은 표정이 편해 보였다.

언제 그랬냐는 듯, 웃고 떠들며 집으로 돌아왔다.

내일 모레면 나이 오십이 되는 딸의 모습을 보며

'나도 우리 엄마 앞에선 그랬는데'라는 생각이 들었다.

엄마와 함께 있으면 내가 한 가정의 주부,

한 남자의 아내, 한 아이의 엄마라는 것을 잊게 되었다.

나에게도 엄마가 있었구나.

오늘은,

쌀 한 포대에 들어있는 쌀알의 개수만큼이나

언니와 엄마를 생각하게 된 날이었다.

가지 말라는데 가고 싶은 길이 있다.

만나지 말자면서 만나고 싶은 사람이 있다.

하지 말라면 더욱 해보고 싶은 일이 있다.

그것이 인생이고 그리움

바로 너다.

나태주 〈그리움〉

힘센 물음표

'그리움'하면 어떤 색깔이 떠오르나요?

그 이유는요?

눈물 : 언니의 딸

언니의 딸, 내 조카가 시어머니가 되는 오늘이었다.

아주아주 먼 옛날,

조카가 어린 아이 무렵 때 잠투정이 어찌나 심했던지

동네 사람들이 다 알 정도였다.

엿장수를 졸졸 따라 다니기도 했다.

"집에 가서 엄마한테 말해서 냄비나 고무신 가져와.

그래야 엿이랑 바꿔줄 수 있어."

엿장수 아저씨 말에 조카는 자신이 신고 있던

신발을 벗어 주었다.

동네 사람들은 한바탕 웃고 엿장수 아저씨는

엿을 조금 떼어 주셨다.

그제야 조카는 내 손을 잡고 집으로 왔다.

여튼, 동네 유명인이었다.

지금 조카에겐, 내 언니인 엄마도 없고,

자신의 남편도 없다.

먼 곳으로 아주 먼 곳으로 떠났다.

글을 쓰는데 눈물이 자꾸 난다.

몇 십 년 세월 동안 쌓여 있는 정 때문일까,

섭섭함과 그리움을 잔뜩 남겨 주고 간 것에 대한

미움 때문일까,

줄어들지 않는 정과 미움이 뒤섞여서 그런 것일까.

아니다.

이유는 생각하지 말자.

텔레비전에서는 꽃 축제 소식으로 꽃밭을 보여 주었다.

행복해 보이는 사람들.

잠시 부러운 마음이 들었다.

그래, 이제 나도 마음을 추슬러야겠다.

속으로 외쳐 보았다.

'눈물, 뚝!'

나와 연결된 고리들이 좀 더 편안해지시길.

좀 더 서로를 아껴주시길.

혜민. 《혜민 스님의 따뜻한 응원》. 수오서재.

힘센 물음표

나의 지인들 중,

내가 조금 더 따스하게 대해주어야겠다고

생각하는 사람은 누구일까요?

이유는 무엇일까요?

사랑 : 코로나와 사탕

내가 일하는 라인에 나보다 열한 살 더 많은 분이
살고 계신다.
어쩌다 마주치면 "아, 해."라며 사탕 껍질을 벗겨서는
사탕을 내 입에 넣어주신다.
나에게는 언니 같은 분인데 못 뵌 지 꽤 되었다.
우연히 마주친 따님에게 물었다.
"엄마는 요즈음 어떻게 지내요?"
"코로나19 걸려서 4개월 입원하셨다가 퇴원하신 지
한 달도 안 됐어요."
언니가 보고 싶고 걱정이 되었다.
여기 직원들도 네 사람이나 코로나19에 걸렸다.

쉼터에서는 코로나 이야기로 도배되었다.

한 사람은 딸이 코로나에 걸렸단다.

아홉 살짜리 손녀가 엄마와 각각 다른 방에서

휴대폰으로 전화하는데 손녀가

“엄마, 보고 싶어. 엄마, 보고 싶어.”라며 엉엉 울더란다.

아이 마음이나 엄마 마음이나 얼마나 아플까 싶었다.

내 입에 사탕을 넣어주던 언니도,

같은 집에 살면서도 떨어져 통화해야 하는 가족도,

슬프지만 사랑 이야기다.

힘든 코로나19 팬데믹 상황 속에서 서로를 그리워하고

서로에게 미안해하는 마음,

그것이 사랑인 것이다.

언니가 어서 빨리 나아서 내 입에 사탕을 넣어줬음

좋겠다.

사람의 마음에 뼈를 잡아주는

인대와 같은 것들이 있어야 합니다.

따뜻한 가정, 행복한 일들, 소망,

이런 것들이 마음을 잡아주어야

마음이 바로 서 있을 수 있습니다.

박옥수. 《마음을 파는 백화점》. 온마인드.

힘센 물음표

나를 가장 사랑해주는 사람은 누구인 것 같나요?

그 사람이 어떻게 해 주었을 때 사랑을 느꼈나요?

선물 : 나의 행복

아파트 내에서 알뜰 장터가 열렸다.

슬로건이 '아껴 쓰고 나누어 쓰고 바꿔 쓰고 다시 쓰자'인

아나바다 행사였다.

장난감을 팔러 나온 아빠와 아들의 웃는 모습에서

꿀이 뚝뚝 떨어졌다.

좋은 행사 마련해 주어 고맙다는 인사말,

제 값보다 더 주는 인심,

간식거리를 챙겨주시는 배려,

적당한 바람과 푸르름을 가늠할 수 없는 하늘까지

모든 것이 완벽했다.

동 대표님께서 주변에 계신 어르신들에게 선물을 주셨다.

예쁜 포장지에 싸여 있는 선물을 나도 받게 되었다.
정성스레 포장된 것을 뜯으려니 아깝기도 해서
집에 가서 볼까 싶었다.
하지만 나의 호기심은 힘이 셌다.
조금의 망설임 뒤, 포장지를 벗겨 보았다.
세상에! 유명한 화장품이었다.
나이 칠십이 넘었지만 화장품 선물은 아직도 나를
설레게 했다.

아껴 두었다 써야지, 아니야, 딸을 줄까, 그것도 아니야,
집에 가서 발라 볼까, 아니야, 아까울 것 같아.
여러 가지 생각이 드는데 참 행복했다.
선물은 사람을 기분 좋게 하는 힘이 있다.
나는 누구에게 무엇을 나누어줄 수 있을까?
다른 사람에게 선물을 주고 있는 내 모습을
상상해 보았다.
내 선물을 받고 나서 나처럼 행복해 할 사람의 모습도
상상해 보았다.

선물은 나누어야 제 맛이지! 선물 같은 사람이 되자.

행복을 나누어 주는 사람이 되자.

나눔의 행복이 곧 나의 행복이니.

중요한 건, 상황이 어떻든 행복을 느끼는 사람들이

분명히 있다는 거예요.

이지성.《지금부터 행복해지는 일》. 스토리 3.0.

힘센 물음표

오늘 내가 나눔할 수 있는 것에는 어떠한 것이 있을까요?

(미소, 친절, 선물, 안부전화 등)

세월 : 형부에게

형부와 인연을 맺은 후 세월이 50년도 더 흘렀다.

명절에 차례를 지내고 나면 상에 놓였던

무지개 사탕을 챙겨 늘 나에게 주셨다.

“다 큰 애한테 무슨 사탕을 줘?”

엄마가 한 마디 하시면 형부는 웃으며 대답하셨다.

“우리 집안 중에 제일 어리니까 아기잖아요.”

더위와 싸워가며 농사지은 옥수수와 고구마 한 자루,

쌀 한 포대는 계절마다 형부가 나에게 가져다주시는

선물이 되었다.

이제 나는, 머리 염색을 하지 않으면 백발노인처럼

보이는 나이를 먹었다.

형부는 당신 몸 하나 지탱하지 못해

지팡이에 의지해야만 걸으실 수 있다.

몸과 마음이 허전하신지

예전과 다름없는 아이들의 말에도 서운함을

나타내신다고 한다.

그 넓었던 마음은 어디로 갔는지

세월과 함께 노여움과 서운함이 쌓여 가고 있는 듯하다.

형부!

저 많이 예뻐해 주시고 챙겨 주신 형부 마음,

잊지 않고 있어요.

형부가 농사 지어 주시던 맛난 수확물들을 이제

먹을 순 없지만,

우리에겐 연륜이라는 게 있잖아요.

자식과 세상에 대한 서운함은 조금 내려놓으시고,

우리의 남은 생, 즐겁게 살 수 있도록

행복을 선택해 보기로 해요.

형부, 많이 많이 고맙습니다.

저의 곁에서 힘이 되어 주세요.

"우리 이제 어디 가서

'하나도 안 변했어'라고 하지 말자.

이거 정말 주책이다."

친구들은 순순히 동의했다.

우린 변했고 전보다 나이를 먹었다.

김은잔. 《나답게 살고 있냐고 마흔이 물었다》.

포레스트북스.

힘센 물음표

'저의 곁에서 힘이 되어 주세요'라고

말하고 싶은 어르신이 계신가요?

아이들 : 꽃들

"할머니."

아침에 일을 하고 있는데

어린이집 가는 아이들 세 명이 나를 불렀다.

"나 할머니 아니야. 이모야. '이모'라고 불러 봐."

나의 장난스런 말에 아이들은 약속이라도 한 듯

다 같이 손사래를 쳤다.

머리카락이 하얀 것도 아니고 등이 굽은 것도 아닌데

어떻게 할머니인 것을 아는 건지 신기했다.

(얼굴 주름살과 풍기는 이미지 때문이었을까?)

또 다른 아이가 나를 보고 간다며 일부러 찾아와

배꼽인사를 했다.

"안녕하세요?"

"오늘같이 좋은 날, 장화 신고 어디 가?"

나의 질문에 아이 엄마가 눈살을 살짝 찌푸리더니

이내 미소를 지으며 답했다.

"기어이 이걸 신고 간대요."

"어린이집 가는 거야? 친구하고 재미있게 놀고 와."

"네."

아이는 씩씩한 목소리와 함께 다시 배꼽인사를 하고는

손을 흔들며 갔다.

아무리 보아도 질리지 않는 꽃,

보면 볼수록 또 보고 싶은 꽃,

날이 갈수록 점점 더 예뻐지는 꽃,

세상을 다 가진 것 같이 마음이 넉넉해지는 꽃,

울어도 예쁘고, 똥을 싸도 예쁘고, 떼를 써도 예쁜 꽃,

그 꽃은 바로 우리 아이들이다.

일하면서도 웃을 수 있고 아이들하고 즐겁게

이야기할 수 있는 곳.

나의 일터가 참 좋다.

지금 어린이를 기다려 주면,

어린이들은 나중에 다른 어른이 될 것이다.

세상의 어떤 부분은 시간의 흐름만으로 변화하지 않는다.

나는 어린이에게 느긋한 어른이 되는 것이

넓게 보아 세상을 좋게 변화시키는 일이라고 생각한다.

김소영. 《어린이라는 세계》. 사계절.

힘센 물음표

나의 어린 시절을 떠올리면

어떤 꽃이 떠오르나요?

약속 : 내 딸도 소중하거든

'아이고, 많이도 컸다.'

15년 전, 손녀가 아기였을 때의 사진을 꺼내 보았다.

손녀를 품에 안고, 늙어 보이는 내가 싫어서

고개를 옆으로 돌려 찍은 사진이었다.

"할머니, 엄마한텐 비밀이야. 절대 말하면 안 돼."

사춘기 소녀가 된 손녀가 세상 심각한 표정으로

나에게 다가왔다.

친한 친구끼리 무슨 일로 사이가 안 좋아진 모양이었다.

시간이 해결해 주는, 소소하고 풋풋한 일이었다.

하지만 손녀도 그렇고 내 딸도 그렇고

걱정이 이만저만이 아니었다.

평소와 다르게 말수가 줄고, 짜증이 늘어가는
손녀를 대하는 내 딸도 나에게 하소연을 했다.
나는 할 수 없이 딸에게 손녀의 고민을 이야기해 주었다.

"할머니는 왜 엄마한테 이야기했어? 내가 비밀로
해 달라고 했잖아!"
손녀에게 내 마음을 전했다.
"할머니가 약속 안 지킨 건 정말 미안해.
그런데 엄마가 할머니한테도 고민을 이야기했거든.
너가 밥도 잘 안 먹고 화만 낸다고.
할머니는 너도 소중하고 너희 엄마도 소중해.
말을 안 할 수가 없더라. 할머니 좀 이해해 줘."

손녀의 이해를 구하기 위해 한 말이라기보다,
'엄마가 너 때문에 마음 고생이 많아. 이제 좀
괜찮아졌음 좋겠어'라는 게 솔직한 심정이었다.
약속을 지키는 할머니보다
딸의 눈물을 덜어주는 엄마가 되는 것을 선택했다.

현명한 사람들은 문제를 두려워하지 않는다.

사실 문제를 환영한다.

문제에 부딪치고 해결하는 전 과정이야말로

삶의 의미가 담겨 있기 때문이다.

스캇 펙. 《아직도 가야 할 길》. 율리시즈.

힘센 물음표

의도적으로 약속을 어겼던 적이 있나요?

그럴 수밖에 없었던 이유는요?

용돈 : 세상에서 가장 귀한

내가 일하고 있는 아파트가 처음 생겼을 때부터
지금까지 한결같이 일하시는 택배 아저씨가 계신다.
아파트 구석구석을 우리 미화원들보다 더 잘 알고 계신
베테랑 택배 아저씨는 연세가 제법 있는데도
일하는 모습을 보면 젊은 사람들과 구분이 안 될 정도로
부지런하시다.

"어서 오세요. 아저씨. 오실 것 같아서 엘리베이터 깨끗이
닦아 놓았어요."
"고맙습니다. 저도 여사님 뵈려고 부지런히 왔습니다."
아저씨와 잠시 만나 주고받는 인사는 언제 들어도

힘이 난다.

아저씨는 남매들 중에서 혼자 일을 하고 계신다.

명절이 되면 누님과 형님한테 용돈을 드린다면서,

이 나이에 스스로 돈을 벌어서 남매들에게

용돈을 줄 수 있는 기쁨은

어디에도 비할 바 없이 기쁜 일이라고 하셨다.

누님과 형님은 자식들에게 받는 용돈보다

동생의 월급 중 일부로 받은 용돈을

보고 또 보고 하시면서 귀하게 여기신단다.

"고맙다. 애썼다. 잘 쓸게."

서로를 향한 사랑이 녹아 있는 이 말을 한번이라도

더 듣고 싶어 힘을 얻어 열심히 일하시는 택배 아저씨다.

"하루는 애들이 누님 네에 다녀오더니,

돈을 건네주는 거예요.

누님이 저에게 주시는 용돈이었어요.

제가 매번 드리는 용돈을 누님한테 받게 되니

어색하기도 하고 마음이 편치 않더라고요.

왜 그러시는지……."

말씀과 함께 입 마를 때 먹으라며

사탕 하나를 주고 가셨다.

주는 건 기쁘고 받는 건 어색한 택배 아저씨, 착하신 분.

그래도 누님께서 주신 용돈으로 서로간의 정을 더 깊이

느끼셨을 거다.

기쁜 것을 선택하는 것, 그것이 열쇠입니다.

나 자신이 참으로 기쁜 일을 하다 보면,

그것이 징검다리가 되어

상처가 치유되고 상황이 바뀝니다.

어둠 속에서도 빛을 찾아 그것과 하나 될 때,

주위에 빛을 가져오고

내 삶에 치유가 일어나는 것입니다.

데보라 킹. 《진실이 치유한다》. 김영사.

힘센 물음표

오늘 여러분은 어떤 감정을 선택할 건가요?

그 감정을 어떤 상황에,

누구에게 흘려 보내고 싶나요?

인심 : 박카스 한 병은 사랑을 싣고

“여사님, 이거 주민이 주신 건데 여사님 드세요.”

택배 기사님께서 나에게 박카스 한 병을 주셨다.

고마운 분.

“택배 총각, 오랜만이야. 반가워.”

“저도 반가워요.”

특별한 인연은 아니지만 잠깐씩 스치며 주고받는

인사 한 마디가

박카스를 마신 것 마냥 힘이 나게 한다.

“힘들지? 이거, 다른 기사님이 나 주신 건데

택배 총각 마셔.”

나는, 기사님께 받은 박카스를 택배 총각에게 주었다.

"여사님 안 드셔도 돼요?"

"난 괜찮아. 더운 날 여기저기 다니면서 무거운 물건들

전해주는 택배 총각이 훨씬 더 힘들 거야.

개의치 말고 마셔."

"안 그래도 목이 말랐거든요. 고맙습니다."

주민은 기사님께 드리고 기사님은 나에게 주시고

나는 택배 총각에게 주고,

박카스 한 병이 돌고 돌아 서로에게 행복이 되어 주었다.

조그마한 박카스 한 병이 사랑을 싣고 여기저기 다니는

것이 신기하다.

행복이 뭐 별건가.

이렇게 우리는,

박카스 같은 에너지를 가지고 행복 전도사가 된다.

스스로 가치롭게 여기는 일을 할 수 있는 삶이 바로

아름다운 욕망을 실천하며 사는 삶이다.

조주희. 《아름답게 욕망하라》. 중앙북스.

힘센 물음표

내가 가치 있게 여기는

덕목(예절, 존중, 협업, 열정 등)은 무엇인가요?

이 덕목을 가치 있게 여기게 된 계기는요?

인연 : 나중에 또 만나자

“우리 동네에도 산이 있는데 너 만나려고
여기 오고 싶었나 봐.”

마음이 봄날 같아서 지하철 타고 옆 동네 산으로
놀러 갔다.
거기서 형님 동생하며 30년 넘게 알고 지내던 지인을
4년 만에 만나게 되었다.
우리 큰 애가 자신의 아이보다 하루 먼저 태어났다고
나를 형님이라 불렀지만,
이제는 친구처럼 편하게 말했다.

"우연히 이렇게 만나니까 더 반갑다."

"너는 아이가 둘이라 반찬을 해 놓아도 안 먹는다고

성화였고, 우리는 고만고만한 아이들이 다섯에

고모네 아이들까지 있었잖아.

양계장 가서 달걀 한 판을 사와도

이틀이면 없어지곤 했고."

고생이었던 시절을 이야기하는 친구 모습에

이것도 추억이다 싶어 유쾌하고 행복했다.

"참! 친정 엄마 연세 많지?"

"어. 올해 백 살. 건강하시고. 지금도 우리한테

김치 담가 주셔."

"건강하시니 너도 엄마도 최고로 좋은 복이네.

니 나이에 엄마가 있다니 부럽다.

나는 엄마, 아부지 없는 고아잖아."

우리는 끝이 보이지 않는 희로애락 삶의 이야기를

풀어 놓았다.

“아저씨 점심 챙겨야지? 전화해. 나중에 또 만나자.”

나중에 또 만날 수 있는 나의 인연에 감사한 하루였다.

앞으로 여생,

나에게 허락되어진 귀한 인연들은

어떤 모습을 하고 있을까?

네 인생은 잘못되지 않았어.

올바른 길에도 가시덤불은 있는 거야.

서동식. 《삶에 지친 나에게 내가 해주고 싶은 말》.

함께북스.

힘센 물음표

나의 인연들에게 나를 한 문장으로

소개해 보세요?

제3부

그간의 쉼표들
: 남은 인생을 살아갈 때

"젊음이라는 무기를 가지고 있는

너희들이 부러워.

그리고 부러운 것을 부럽다고 말할 수 있는

나는 행복한 사람이야."

설렘 : 봄 같은 내 마음

"아이 키우고 할 때가 좋은 시절이야.
뭐든지 달라고 손 내밀고 안 보이면 찾고 할 때 말이야.
나이를 먹고 나니 아무 재미가 없어.
서운한 생각밖에는 안 들어."

한가한 일요일, 봄꽃도 구경할 겸 공원으로 나가
벤치에 앉았는데
어르신들이 하시던 옛말이 떠올랐다.
그래, 나도 이제 늙을 대로 늙었으니까.
하지만 어르신들과 지금의 나는
몇 가지 다른 모습이 있다.

나는 하루도 빠짐없이 꼬박꼬박 글을 쓴다.
봄이라는 계절이 아직도 설렌다.
넓은 하늘을 도화지 삼을 수 있는 소녀 감성을
그대로 간직하고 있다.
소풍 나온 가족들의 행복한 모습에 미소 짓는 여유 또한
멋스럽다.

그래서 나는,
인생 후배들에게 이렇게 말할 수 있는 어른이 되고 싶다.
“젊음이라는 무기를 가지고 있는 너희들이 부러워.
그리고 부러운 것을 부럽다고 말할 수 있는 나는 행복해.
나이는 숫자에 불과하다는 것을
살면서 제대로 느끼고 있으니 이 또한 행복해.
나? 글 쓰는 할머니잖아.
나? 직장인이잖아.
어때? 이 정도면 멋지지 않니?”

오늘도 설렌다. 봄이다.

우리를 살게 하는 힘은

소박하지만 매우 확실한,

작은 의미에서부터 온다.

에밀리 에스파하니 스미스.

《어떻게 나답게 살 것인가》. RHK.

힘센 물음표

여러분의 가슴을 설레게 하는

것은 무엇인가요?

여행 : 언제나 옳았다

동 트기 전, 새벽 4시 30분.

알람이 울리기 무섭게 내 몸은 용수철이 되었다.

세수만 하고 집을 나섰다.

몇 년 만에 떠나는 여행인지 모르겠다.

아무도 없는 동네 어귀, 새벽 공기를 느끼고 싶어

마스크를 벗었다.

똑같은 바람인데, 한 번도 느껴보지 못한 것 같은

상쾌함이었다!

버스 창밖으로 스치는 길가의 아카시아 꽃들과 가로수

이팝나무 꽃들이 나를 반겨주었다.

라일락의 향연은 또 어떠한가.

향기가 코끝을 스치는 것 같은 착각을 들게 했다.

내 고장 강원도 원주에 도착했다.

소금산 출렁다리와 울렁다리를 지나가 보았는데

스릴을 점수로 매기자면 천 점이 아닌 만 점이었다.

고장을 멋지게 꾸미고 자랑하기 위해

얼마나 많은 분들이 노력해 주셨을까 싶어

'수고하셨습니다. 고맙습니다.'

고백이 마음속에서 절로 나왔다.

오는 길에 보았던 아카시아, 이팝나무 꽃, 라일락이

강원도에선 아직 소식이 없었다.

하지만 노란 애기똥풀이 한창 예쁘게 피어 있었다.

"너도 나를 기다리고 있었니?"

애기똥풀에게 말을 걸어 보았다.

아, 행복하다.

건강한 몸으로 여행할 수 있고,

예쁜 꽃들을 보며 설렐 수 있고,

사람들에게 고마워할 수 있는 내 인생

그리고 여행은 언제나 옳았다.

자신을 돌아보지 않는 존재는

병들어 죽는다.

송창현. 《오늘도 출근을 해냅니다》. 다른상상.

힘센 물음표

여행, 독서, 산책, 명상, 요가 등

자신을 돌볼 수 있는 방법 중,

내가 애정하는 방법은 무엇인가요?

추억 : 제일 듣고 싶은 말

“이 다음에 너 같은 딸 낳아서 키워 봐.”

부모 세계에서 전설처럼 전해 내려오는 말이다.

나 역시 엄마에게 심심찮게 들었던 말이고.

젊은 날, 공장에서 일을 마치고 집으로 돌아오는 길,

분식집이 새로 생겼다.

월급 날, 튀김과 도넛을 샀다.

아버지는 주무시다가도 일어나서 맛있게 잡수셨다.

그런데 엄마는 저녁을 많이 먹어 배가 부르다며

드시질 않았다.

“엄마, 먹어.”

"배불러. 너 먹어."

"난 괜찮아."

"엄마도 괜찮아. 너 먹으래도."

며칠 뒤, 튀김과 도넛은 딱딱해져 있었다.

엄마는 딱딱한 튀김과 도넛을 밥솥에 넣어 데워서는

나에게 주었다.

"아버지는?"

"됐어. 너나 먹어."

엄마는 도넛 하나를 반으로 쪼개 내 입속으로 넣었다.

"이 다음에 너 같은 딸 낳아서 키워 봐."

그때는 그렇게 듣기 싫었던 말인데,

지금은 제일 듣고 싶은 말이 되었다.

엄마가 휴가를 나온다면

정채봉

하늘나라에 가 계시는

엄마가

하루 휴가를 얻어 오신다면

아니 아니 아니 아니

반나절 반시간도 안 된다면

단 5분

그래, 5분만 온대도 나는

원이 없겠다

얼른 엄마 품속에 들어가

엄마와 눈맞춤을 하고

젖가슴을 만지고

그리고 한 번만이라도

엄마!

하고 소리내어 불러보고

숨겨놓은 세상사 중

딱 한 가지 억울했던 그 일을 일러바치고

엉엉 울겠다

힘센 물음표

당신은 누구에게, 어떤 추억을

선물로 남겨주고 싶나요?

행복 : 세상 부러울 것 없다

드르렁 드르렁.

점심 먹고 30분 쉬는 시간,

방바닥에 눕자마자 코 고는 직원도 있다.

나머지 여럿은 오늘도 웃고 떠들면서 이야기를 했다.

등 따숩고 배부르니 세상 부러울 것 없는 시간이었다.

"저보다 행복한 사람 나와 보세요."

자랑하고 싶었다.

날이 더워졌다.

옷 정리를 했다.

얼마 전, 회사에서 탄 상장이 눈에 들어왔다.

회사에서 일한 지 10년 되었다고 준 상장이다.

금일봉도 들어 있었다.

자랑할 데가 없다.

옳지!

나는 텔레비전 화면 속에 나오는 이름 모를 연예인에게

상장을 펴 보였다.

"나 잘했죠? 돈도 받았어요. 직원들 점심 사 줄 거예요."

나 혼자 웃었다.

오늘도 나는,

행복해서 웃었다.

자신을 사랑하는 것이야말로

평생 지속되는 로맨스다.

– 오스카 와일드 –

힘센 물음표

행복, 별 것 있나요?

오늘, 어떤 행복한 일이 있었나요?

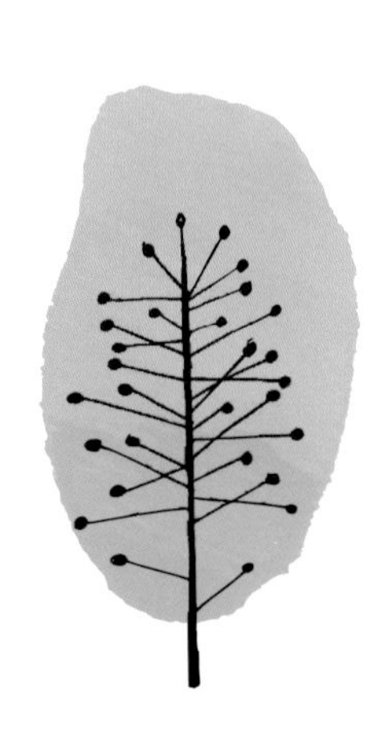

웃음 : 평범함이 모여

아침 출근을 해서 일하기 직전,

동료들과 한 잔 마시는 커피는 세상에서 제일 맛나다.

가족 흉보기로 시작된 수다 타임의 끝은,

자식 자랑이다.

오전 일을 마치고 휴식 시간,

안 되는 게 없고 못 하는 게 없는 이야기꽃을 피운다.

월급을 받으면 1인당 만 원씩 모아놓은 돈으로

피자도 시켜 먹고 찜닭도 시켜 먹는다.

잠시 낮잠을 청하기도 한다.

고약한 꿈을 꾸어 소리를 지르며 잠에서 깨면,

함께 잠을 자던 동료들도 놀라 일어난다.

그리고 서로의 얼굴을 멀뚱히 쳐다보다 웃음보가 터진다.

누구나 다 마시는 커피 한 잔,

누구나 다 하는 자식 자랑,

누구나 좋아하는 간식 시간,

누구나 원하는 낮잠.

자랑할 것 하나 없는 평범함이 모여

웃음이 되고 오늘을 꽉 채워 준다.

우리는 우리가 세운 목표를

너무 심각하게 받아들인 나머지

그 과정에서

즐거움을 느끼는 법과

약간의 여유를 허락하는 방법조차 잊어버린다.

인생은 비상사태가 아니다.

리처드 칼슨. 《사소한 것에 관한 큰 책》. 에버리치홀딩스.

힘센 물음표

사람들 앞에서 박장대소하며 웃는 것이

편한가요, 불편한가요?

이유는요?

이유 : 하루살이에게 묻고 싶다

날이 더워지니 하루살이들이 많아졌다.

하루를 살다 갈 것인데 그래도 세상구경이 하고

싶나 보다.

하루살이에게 물어보고 싶다.

하루 살아 본 느낌이 어떻냐고.

사람에게는 그 많은 하루하루가 주어지는데,

어떤 이는 저 세상을 빨리 선택하기도 하고

어떤 이는 하루라도 더 살고 싶어 발버둥 친다.

어떤 이는 몸과 마음이 지쳐 간신히 살아내기도 한다.

우리는 이 세상에 왜 오게 된 것일까.

아마, 이 물음에 대한 자신만의 답을 찾기 위해
살아가는 것일 테다.
답을 찾는 과정이 고통스럽냐, 즐겁냐, 지치냐에 따라
삶의 모양이 제각각이지 싶다.
답을 찾기 힘들더라도 꼭 생각해 보아야 하는 질문이다.
하루살이는 질문을 떠올릴 때 즈음 죽게 되겠지만.

자기를 믿기 어렵다면 자신에게 좀 더 시간을 주십시오.
천천히, 결국은 해결하리란 믿음이 나와 내 인생을 좌절과 비난에서 건져낼 것입니다.

서천석. 《서천석의 마음 읽는 시간》. 김영사.

힘센 물음표

여러분, '우리는 이 세상에 왜 오게 된 것일까?'라는
질문에 어떤 답을 하실 건가요?

성장 : 필사와 글쓰기

'탓하려거든 남의 탓보다 내 탓을 하라.
그래야 실패에서 배우고 성장의 기회로 삼을 수 있다.'

나는 아침에 일어나면 책 글귀를 필사한다.
오늘 필사한 문장을 다시 읽어보는데
많은 생각을 하게 만드는 글귀였다.
억울하고 분한 일이지만
남의 탓만 했을 때에는 결과가 늘 좋지 않았다.
소화가 안 되거나 다른 사람에게 짜증을 내거나
무기력해졌다.
그 후, 비슷하게 억울하고 분한 일을 당했을 때

방법을 달리하여 내가 잘못한 것은 없는지 되돌아보았다.
말을 조금 더 친절하게 할 걸,
건조한 내 표정에 오해를 샀겠다,
존중하는 태도를 보였다면
이렇게까지 일이 커지진 않았을 텐데,
반성해야 하는 것들이 꽤 있었다.
세상 살면서 백 퍼센트 타인의 과실이라
말할 수 있는 일은 과연 얼마나 될까 싶다.

"누가 치우라고 여기다 두고 간 거야?"
아파트 단지 내 떨어져 있는 쓰레기를 볼 때마다
투덜거렸던 적이 있다.
몸이 제일 아팠던 때이기도 하다.
내 탓 찾기는 어려운 상황이었지만,
적어도 남을 생각하며 구시렁거리는 것을
멈출 수 있는 선택권은 나에게 있었다.
한편으론 내가 기특하다는 생각도 든다.
나이 칠십 넘어 책을 필사하며

내 마음과 행동을 돌아볼 수 있다는 것,

인생이 평화롭다는 뜻이며

아직도 성장하고 있다는 증거니까 말이다.

글을 쓴다는 게 이렇게 좋은 줄 알았으면

진즉에 시작할 걸 그랬다.

앞으로 남은 인생, 필사와 글쓰기를 벗 삼을 테다.

먼저 나를 바라봐 주자.

사람은 자신을 알아갈수록

편안하고 자유로워진다.

이무석. 《30년만의 휴식》. 비전과리더십.

힘센 물음표

여러분이 생각하는 '성장'의 모습은 어떠한가요?

제4부

지나간 것은 지나간 대로
: 가는 것과 오는 것들 사이에서

내 고향 이야기 다시 들려준다면

장미처럼 예쁘고 열정적인

하루하루를 살아낼 자신이 있단다.

가는 건지 오는 건지 모를 세월

너와 함께하면서

그리움은 더해 가는구나.

가장 : 뒷모습과 불빛

내가 어릴 적, 우리 집은 구멍가게를 했다.

문방구 용품, 과자, 연탄 등을 팔았다.

저녁이 되면 연탄구멍에 새끼줄을 끼워

손님들이 들고 갈 수 있게 만들어

밖에 내어 놓았다.

캄캄한 밤, 쌀 한 봉지를 든 술 취한 손님이

우리 집에 들러 연탄을 샀다.

"약주 한 잔 하셨네요."

아버지가 말을 건넸다.

"네. 한 잔 했습니다."

비틀거리는 걸음으로 한 손에는 쌀 봉지,

한 손에는 연탄 한 장 들고 노래를 흥얼거리며

걸어가시던 아저씨의 뒷모습이

어린 나의 눈에도 쓸쓸해 보였다.

어둑어둑해질 무렵,

집으로 가는 길에 빌딩 사이 지는 노을,

가슴을 짠하게 하네.

'남자의 인생'이라는 노래를 들으며 창밖을 바라보았다.

캄캄한 세상을 뚫고 여리게 새어 나오는

불빛은 쓸쓸했다.

우리들의 아버지는 캄캄했던 인생을,

식구들의 끼니 해결을 불빛 삼아

그렇게 살아 오셨던 걸까.

그들에게 진짜 불빛은 무엇이었을까?

그 불빛을 찾지 못해 늘 비틀거렸을까?

어렸을 적 보았던 아저씨의 뒷모습과

지금의 불빛을 보며

여러 가지 생각이 드는 오늘이다.

결국은 하루하루를 성실하게,

열심히 살며 잘 이겨 냈다.

그리고 이제 그런 내공의 힘으로

더욱 아름다운 기적을 만들어갈 것이다.

장영희. 《살아온 기적 살아갈 기적》. 샘터.

힘센 물음표

여러분, 지금까지 참 잘 살아 오셨어요.

오늘, 자신을 마음껏 칭찬해 준다면

어떤 말을 가장 많이 해줄 것 같나요?

고향 : 세월이 가는 건지 오는 건지

코로나 때문에 이야기 나누는 것도 외식하는 것도
자유롭지 못하고 답답하다.
그 날이 그 날 같은 긴 하루다.
계절의 변화를 알리는 5월의 장미가 한두 송이씩
피기 시작하는데 마음은 겨울이다.
이 맘 때 즈음이면 늘 고향 생각이 난다.
고향을 떠난 지 60년이 넘었다.
옹기종이 모여 있던 초가집,
동네를 감싸고 돌던 작은 개울,
버드나무가 줄 지어 있던 둑,
기찻길과 작은 간이역….

세월아, 세월아. 60년 전 세월아!

지금처럼 긴 하루로 변신해서 나에게

다시 와 줄 순 없겠니?

그러면 내 너를 어여삐 여기며

코로나도 마스크도 답답하게 여기지 않을

자신이 있단다.

내 고향 이야기 다시 들려준다면

장미처럼 예쁘고 열정적인 하루하루를 살아낼

자신이 있단다.

가는 건지 오는 건지 모를 세월 너와 함께하면서

고향에 대한 그리움은 더해 가는 구나.

달랠 수 없는 아쉬움을 마스크에 가두고

오늘도 나는 일터로 향한다.

어떻게든 오늘은 가고 내일은 온다.

사람들의 이름 옆에 그렇게 적어 본다.

맨 처음 단어인 '어떻게든'에

줄을 여러 번 그어 지우고

나머지를 남긴다.

오늘은 가고 내일은 온다.

오늘은 어떻게 기억될까.

황정은. 《디디의 우산》. 창비.

힘센 물음표

10년 뒤 오늘을 추억한다면,

어떤 생각이나 감정이 들까요?

인생 : 유모차 두 대

어떤 할머니가 유모차에 쑥을 싣고 가고 계셨다.

"쑥 많이 뜯으셨네요. 어디 가시려나 봐요."

"쑥 달라는 사람한테 가져다주고 노인 일자리에

일하러 가려고."

"좋으시죠?"

"아이고, 좋고말고. 지금까진 안됐는데 이번엔

일자리 뽑혔어."

"찬찬히 가세요."

어르신 장갑에 박혀 있는 도깨비풀을 빼 드리며 말했다.

"고마워. 잘 가이."

쓸쓸한 뒷모습이었다.

아이가 둘인 엄마의 모습을 보았다.

갓난아기는 유모차에 있었고,

아장아장 걷는 아기는 울면서 엄마에게 안아 달라

떼를 쓰고 있었다.

엄마가 한 손으로 유모차를 밀고

한 손으로 자기를 안으려 하니

"안 돼. 안 돼"라며 엄마의 나머지 한 손도 끌어왔다.

두 손으로 안아달라는 거였다.

나는 유모차를 밀어 주었다.

"처음에는 동생을 예뻐해 주더니, 요즈음엔 부쩍

샘을 부리네요."

엄마는 한숨을 조금 내쉬었다.

"조금 더 크면 안 그래. 엄마의 사랑을 동생한테

빼앗긴다고 느꼈을 거야.

지도 아기잖아."

어르신이 밀고 가던 유모차와 두 아이의 엄마가

밀고 가던 유모차를 보며,

인생을 많이 살았던 사람과 인생을 많이 살아갈 사람은

이렇게 또 연결되는구나 싶었다.

만찬에 참석한 것처럼 삶을 이끌어가라.

무언가 우리 옆을 지나갈 때

적절하게 손을 뻗어 그것을 취하라.

이미 지나갔는가?

그렇다면 붙들지 마라.

아직 오지 않았는가?

그렇다면 그것에 대한 열망을 불태우지 마라.

하지만 우리 앞에 올 때를 기다려라.

– 에픽테토스 –

힘센 물음표

내 인생의 마지막 순간을 예견할 수 있다면,

어떤 말로 생을 마무리하고 싶나요?

흔적 : 나의 최강 필살기

60년 전 다니던 초등학교와 집에 가 보기로 했다.

딸 친구들과 함께 시작된 서울 나들이였는데,

남산타워의 황홀한 불빛보다

팔각정의 단단함보다

나의 추억이 가득한 장소들이 더 설렜다.

"이게 아닌데, 이상하다."

그렇게 넓었던 운동장은 어디 가고

한 눈에 다 들어오는 조그마한 운동장이 있었다.

오래된 동상들은 여전히 제자리를 지켰다.

그 때 그 나무가 맞는지 새로 심었는지 모를

커다란 나무들이 기개를 뽐냈다.

제일 궁금했던 나의 살던 집을 찾아가 보니
모든 것이 흔적도 없었다.
“여기 즈음일 거야.”
눈과 손으로 짚어 본 곳에서 마음으로
옛날 집을 그려보았다.
세월이 무섭다.
나무색 문 사이로 들어오던 차가운 바람 외에
특별히 기억나는 게 없었다.
한숨이 나왔다.
그리고 이내, 나의 최강 필살기! ‘긍정’을 꺼냈다.
오래 된 기억이 잊혀지는 건 당연하고
잊혀지는 데에는 이유가 있을 것이고,
이것이 인생사 아니겠는가.
사랑하는 딸 그리고 딸 친구들과 함께,
이 나이에 내 발로 걸어서 서울 구경도 하고
옛 터전도 찾아갈 수 있는 것은 또 무슨 복인가.

아쉬움의 흔적이 또 다른 추억이 될 수 있도록

나는 오늘도 긍정을 선택한다.

정연홍, 멋지다!

너와 함께했던, 가장 평범했던 보통의 모든 지난날들은 결국 너와 내가 치열하게도 만들어왔던 다시없을 순간들이며, 두 번은 이루어내지 못할 아름다움이었기에, 우리는, 우리의 사랑은, 그 안의 모든 추억의 조각과 찬란함은 기적이었다.

김지훈. 《너라는 계절》. 진심의 꽃 한 송이.

힘센 물음표

내 인생에서 단 한 가지를

평생 '마음의 흔적'으로 간직할 수 있다면,

어떤 사람이나 어떤 상황을 선택하고 싶나요?

잔치 : 그러고 싶다

내 아버지는 지는 해를 바라보며 출근하시는
야간 경비원 일을 하셨다.
지금은 잊고 사는 단어가 되었지만,
예전에는 '회갑' 하면 잔치하는 날이었다.
아버지 회갑 날, 잔치는 다른 나라에서 열리는
행사 같은 것이었다.

붉게 물든 노을과 함께 출근하는
아버지의 뒷모습을 보았다.
축 처진 어깨, 구부정한 등.
아버지를 따라 갔다.

아버지는 한참을 걸어가시다 뒤돌아 보셨다.

"빨리 집에 들어가."

아버지의 말씀에 울컥했다.

'내가 돈을 많이 벌어야 아버지가 쉴 수 있을 텐데.'

마음속으로 몇 번이나 되새기며 집으로 갔다.

2년 후면 엄마의 회갑이었다.

아버지 회갑을 쓸쓸히 보내서 이번엔 작정했다.

적금을 들었다.

세월이 흘러 형부는 제대를 했고

내 적금은 만기가 되었다.

"엄마 회갑 날, 잔치하자."

형부와 언니는 이웃 어른들을 모셔서 잔치국수를

먹자고 했다.

엄마는 잔치를 준비하시며 입가에 웃음이 떠나질 않았다.

언니는 간간이 눈물을 훔쳐 가며 손님 대접을 했다.

손님들이 돌아가신 후,

아버지께는 손목시계를 채워드리고,

엄마에겐 3돈짜리 금반지를 손가락에 끼워드렸다.

금반지는 생전 처음 끼어본다며

금반지를 보고 또 보고 만져보는 엄마가

어린 아이 같았다.

내가 그동안 한 일 중, 가장 잘한 일이었다.

내 평생, 가장 잘한 일을 다시금 만들 수 있게

아버지와 엄마를 다시 볼 수 있으면 좋겠다.

회갑 잔치도 멋들어지게, 손목시계도 더 반짝이는 걸로,

금반지 무게도 더 나가는 걸로 해 드리고 싶다.

그러고 싶다.

기쁜 것을 선택하는 것, 그것이 열쇠입니다.

나 자신이 참으로 기쁜 일을 하다 보면,

그것이 징검다리가 되어

상처가 치유되고 상황이 바뀝니다.

데보라 킹. 《진실이 치유한다》. 김영사.

힘센 물음표

지금까지, 내가 가장 잘한 일이라고

생각하는 일은 어떤 건가요?

선물 : 그 모습들

오늘은 일요일이라 특별히 할 일도 없고 갈 곳도 없었다.

잠이나 실컷 자려고 했는데

원래 일어나던 시각에 눈이 저절로 뜨였다.

다시 잠을 청해 보았지만 헛수고였다.

일어나기를 아쉬워하며 몸을 일으켜 창밖을 보았다.

건물 사이로 비치는 밝은 햇살,

보기만 해도 기분이 좋아졌다.

예쁘게 바뀐 마음을 따라 집을 나섰다.

넓은 하늘을 도화지 삼아

마음으로 그림을 그려 보았는데

제법 재미있었다.

봄기운 덕분에 많은 사람들이 거리에 나와 있었다.
뭘 해 볼까?
나는 벤치에 앉아 지난날 우리 아이들을 떠올렸다.

아이들의 학교 가는 뒷모습,
과자 하나 더 먹겠다고 서로 싸우던 모습,
텔레비전에 나오는 개그우먼의 바보 흉내를 보며
깔깔대던 모습,
장난감 사 달라고 조르던 모습,
졸린 눈을 비비다가 스르르 잠이 드는 모습.
예전엔 미처 몰랐던 소소한 모습들인데 지금은
봄이 주는 선물 같았다.
1년 뒤, 2년 뒤, 3년 뒤,
시간이 더 흐르고 흘러도 나는 지금처럼
우리 아이들을 추억하고 있을 것이다.
녹슬지 않는 선물같이 여기고 있을 것이다.
지금까지 내가 열심히 살아올 수 있게끔 만든
존재들이니까 말이다.

많은 사람들 사이에서 외로울 뻔 했지만,

우리 아이들을 떠올리니

그 거리에서 가장 충만한 행복을 느끼는 사람은

내가 되었다.

오늘도 감사하다.

내가 깊이 사랑하는 누군가가 기억하는

'나'를 떠올리는 바로 그 순간,

모든 인간은 치유적 존재가 됩니다.

정혜신, 이명수. 《홀가분》. 해냄출판사.

힘센 물음표

벤치에 앉아 떠올려 보고 싶은 사람이나 상황이 있나요?

오늘은, 벤치를 찾아 앉아 주세요.

그리고 행복하시길.

반짝 : 팥알 만한 금을 사러

엄마를 엄마로 만들어 준 고운 내 딸, 현아에게

현아야!

오늘은 나와의 약속을 지키기 위해

해마다 하는 행사를 치루는 날이란다.

팥알 만 한 금을 사러 집을 나섰어.

너에게 미안했던 마음을 내려놓을 수 있기를 바라며

시작한 의식 같은 거란다.

사춘기 학창 시절, 한창 예쁘게 보이고 싶고

꾸미고 싶을 때에도

너는 아무 불평 없이 엄마가 가끔 사 주는

지극히 평범한 옷을 입고 다녔지.

많이 미안하고 고맙다.

세월이 흐르고 흐른 지금에서야
내 마음의 빚을 조금이라도 갚기 위해 계획을 세웠어.
예쁜 손녀를 위해 매해 금을 사러 간단다.
몇 년 뒤 대학생이 될 손녀의 모습을 상상해 보는 건
엄마의 기쁨 중 하나야.
대학 입학할 때 즈음,
반짝이는 목걸이를 하고
손가락에는 예쁜 반지를 끼고
내 앞에서 함박웃음 지을 내 손녀.
어때?
너도 딸의 모습을 상상하니 기쁘지?

이제는,
미안함은 조금 흘려보내고
설렘은 많이 받아들여 보려고 해.
금처럼 반짝반짝 빛날

우리의 미래를 그려보면서 말이야.

딸,

사랑해.

사실 자신의 태도야말로 다른 어떤 것보다

가장 빠르게 변화시킬 수 있는 대상이잖아요?

스펜서 존슨, 콘스탄스 존슨. 《멘토》. 비즈니스북스.

힘센 물음표

오늘 내가 받아들이고 싶은

마음 상태는 무엇인가요?

나가는 글

우리 엄마는 그런 분이셨어요

엄마는 55세에 아빠와 헤어져 홀로서기를 하셨다. 엄마의 선택을 이해했고 충분히 공감이 갔지만, 힘든 것도 사실이었다. 가족을 위해 헌신만 하셨던 엄마는 홀로서기 이후, 곰팡이 냄새가 나는 달셋방에서 10년을 사셨다. 엄마가 안쓰러웠지만 곰팡이 냄새가 싫어 자주 가지 않았다. 가끔 그 집을 들릴 때면 엄마는 항상 웃고 계셨다.

"엄마! 여기 곰팡이 냄새가 너무 심한데 그래도 좋아?"

"그럼, 좋지. 천국이 따로 있니? 내 마음이 편한 곳이 천국이지."

그제야 나는 엄마만의 천국을 인정하게 되었다. 그리고 엄마의 홀로서기를 편안한 마음으로 받아들일 수 있었다.

나는 지금까지 내 인생을 통틀어 엄마보다 긍정적인 사람을 본 적이 없다. 50세가 훌쩍 넘은 나이에 아무것도 손에 쥔 것 없이 홀로서기를 할 수 있었던 엄마의 용기는 바로 긍정적인 마음에서 나왔다는 것을 뒤늦게 알게 되었다.

작년에 엄마랑 똑같은 청소기를 샀다. 인터넷으로 검색할 때는 몰랐는데 배송된 물건을 보니 직접 조립해서 쓰는 제품이었다. 생각보다 조립 과정이 복잡해 하다가 포기하고 한 쪽으로 치워두었다. 저녁에 퇴근한 남편이 척척 조립해줘서 그날 바로 사용할 수 있었다.

성능이 어떤지 보려고 집 청소를 시작했는데 문득 엄마 생각이 났다. 나도 조립이 어려워 하다가 포기했는데 엄마는 얼마나 어려우셨을까 싶어 걱정이 돼 전화를 드렸다.

"엄마, 청소기 조립했어요?"

"그럼. 다 했지!"

"어떻게 하셨대? 나 너무 어려워서 이 서방이 다 해줬어."

그 복잡한 조립을 엄마가 혼자 하셨다는 게 너무 놀라웠다. 엄마가 말씀하셨다.

"현아야, 니가 못하는 게 아니야. 너는 이 서방이라는 사람, 믿는 구석이 있잖아. 나는 내가 무조건 다 해야 해. 그 차이일 뿐이야. 믿을 수 있는 사람과 함께한다는 게 얼마나 다행이니? 그러니까 이 서방한테 잘해."

엄마는 나를 청소기 조립도 못하는 사람이 아닌, 남편이 있는 행복한 사람으로 만들어주셨다. 엄마의 말이 맞다. 긍정의 힘으로 생각을 바꾸면 나는 가진 게 참 많은 사람이다. 생각을 바꾸니 비로소 보였다.

돈을 더 벌고 싶은 마음에 잘 알지도 못하면서 부동산 투자에 뛰어든 때가 있었다. 생각대로 되지 않아 손해도 보고 그 일로 마음의 병도 생겨 힘든 시간을 보냈다. 엄마는 내 손을 잡고 수도권으로 향하셨다. 그리고 곰팡이 냄새나는 달셋방에서 10년 동안 모은 돈으로 그 주변의 집을 샀다. 돈이 모자라 귀에 끼고 있던 귀걸이까지 몽땅 판 돈으로 마련한 집이었다.

“현아야, 엄마는 이제 아무 것도 없어. 하지만 엄만 다시 시작할 거야. 그러니까 너도 다시 시작해. 알았지?”

칠순이 다 된 나이임에도 불구하고 다시 시작할 거라고 당당히 말씀하시던 엄마. 그런 엄마를 보며 나는 뒤통수를 한 대 맞은 기분이 들었다. 엄마를 따라 긍정적으로 살아내겠다 다짐했지만 나는 아직 멀었구나, 세상에 늦은 때라는 건 없구나, 지금이 가장 빠른 시작이구나, 내가 깨달을 수 있도록 삶으로 직접 보여주시는 엄마였다. 우리 엄마는 그런 분이다.

엄마가 칠순을 맞이하셨을 때 말씀하셨다.

“현아야, 책 내고 싶어. 엄마는 작가가 되고 싶어.”

그리고 엄마가 말한 대로 그 꿈을 이루셨다.

엄마는 꿈을 품고만 있지 않으셨고 행동하고 이루는 것을 또 한 번 나에게 보여주시고 가르쳐주셨다.

본인이 살아낸 인생 71년.

어떤 일을 도전하고 시작하기에는 늦은 나이라고 생

각할 수도 있다. 그럼에도 불구하고 엄마는 인생 70살까지는 살아봐야 안다고 하신다. 그때까지 무슨 일이 있을지 아무도 모른다고 하시면서 말이다.

나는 꿈의 현재진행형을 살고 계신 엄마를 정말 많이 사랑하고 존경한다. 엄마가 계속 가르쳐주시고 있는 긍정과 도전 정신을 내 딸에게도 유산처럼 남겨주고 싶다.

저희 엄마는 55세 나이에 제 2의 인생을 시작하셨어요. 가진 것 없이 긍정 하나만으로 시작하셨죠. 여러분은 55세의 저희 엄마보다 가진 것이 더 많지 않으신가요? '긍정 마인드' 하나만으로도 충분히 다시 시작할 수 있고, 일어설 수 있습니다.

이 책을 통해 희망을 선택할 수 있는 자신이 되길 진심으로 바라봅니다.

감사합니다.

엄마를 존경하는 딸, 김현아